设计广场 系列基础教材

室内设计

S H I N E I S H E J I

U0140773

程瑜怀 著

上海市教育委员会 组编

广西美术出版社

个人简历

姓名：程瑜怀

籍贯：江苏常州

出生年月：1976年11月

教育背景：

2003年3月—2005年3月　硕士，韩国东
西大学数字设计研究生院多媒体设计专业，
现为亚洲艺术科学学会会员

1995年9月—1999年7月　本科，中国美
术学院环境艺术设计专业，毕业时获"中国
文化部优秀毕业生"称号

工作经历：

1999年9月至今　上海工程技术大学艺术设计学院

展览：

《Environmental Design——环境设计》参加2003年韩国大学生设计展示会

《Website Design about Chinese Movie for Cultural Inherit——传承中国
文化的中国电影网站设计》及设计作品《Open wide，Being free——开放，自
由》参加2004年韩国BEXCO "image cosmos" 设计展

发表论文：

《VR与多媒体在空间设计教育中的运用研究》曾发表在2005年亚洲艺术科学学
会论文集

序

21世纪是一个体现完美设计的时代。对今天的人们来说，设计不再是仅仅局限于造物、造型和设色，或只是为了人类自身的行为。设计的根本是合理。我们必须面对现实、面向未来，对全人类和世界上所有生灵的和谐生存进行全方位的、立体的、综合的设计。因此，对设计含义的提升和设计内容的扩展，当是今日设计教育和研究中最为重要的课题。

随着全球经济一体化的进程，我国经济也进入了一个高速发展的时期。国力的不断增强，文化艺术和教育事业的大力发展，必将有利于提高和强化国人的文化素养和审美情趣，有利于促进当下及未来人们生活方式的改良和优化人们的生活环境，进而让人们的生活臻于极度的合理与完善……今天，设计已成为创造新生活，改变、推进社会时尚文化发展不可或缺的手段。构建人文日新的和谐社会，已逐渐成为设计人的共识和设计教育的宗旨。

高等专业教育是一个国家实现设计高水平的重要保证，而教材与教学参考书则是这一保证体系中重要的一环。上海市教育委员会针对目前艺术设计教育界设计参考书繁杂、水平良莠不齐、教材面对的学生层次不明等问题，专门组织具有优秀设计能力和丰富教学经验的教师，编写了这套"设计广场"系列设计教材。笔者对上海市教委的这一重要举措感到欣慰和钦佩的同时，对这套专业教材的成功付梓，表示由衷的祝贺！

这套设计教材作为上海市教育委员会高校重点教材建设项目，具有相当强的知识性、指导性、实用性和针对性，是专门为艺术设计专业在校大学本科生而编写的系列设计教材。全套书共设10个独立单行本：工业设计、染织设计、服装设计、VI设计、室内设计、图形创意、现代陶艺设计、新多媒体设计、基础图案设计、色彩构成。每本教材的理论论述全面而精要，简洁而准确，表述深入浅出，分析透彻明了，并配有大量国内外最新的图片资料和学生优秀作业辅助说明，力求具有鲜明的专业性和时代性，是艺术设计院校和设计专业理想的学习教材，对广大设计人员和设计爱好者来说，也是一套很好的设计参考读物。

相信这套设计教材的问世，会对推动上海乃至我国的设计事业和设计教育的长足发展产生积极的作用。它的重要价值，将在未来不断地显现。

是为序。

张夫也　2005年春于北京松榆书斋

(张夫也博士，清华大学美术学院艺术史论学部主任、教授、博士生导师，《装饰》杂志主编)

目录

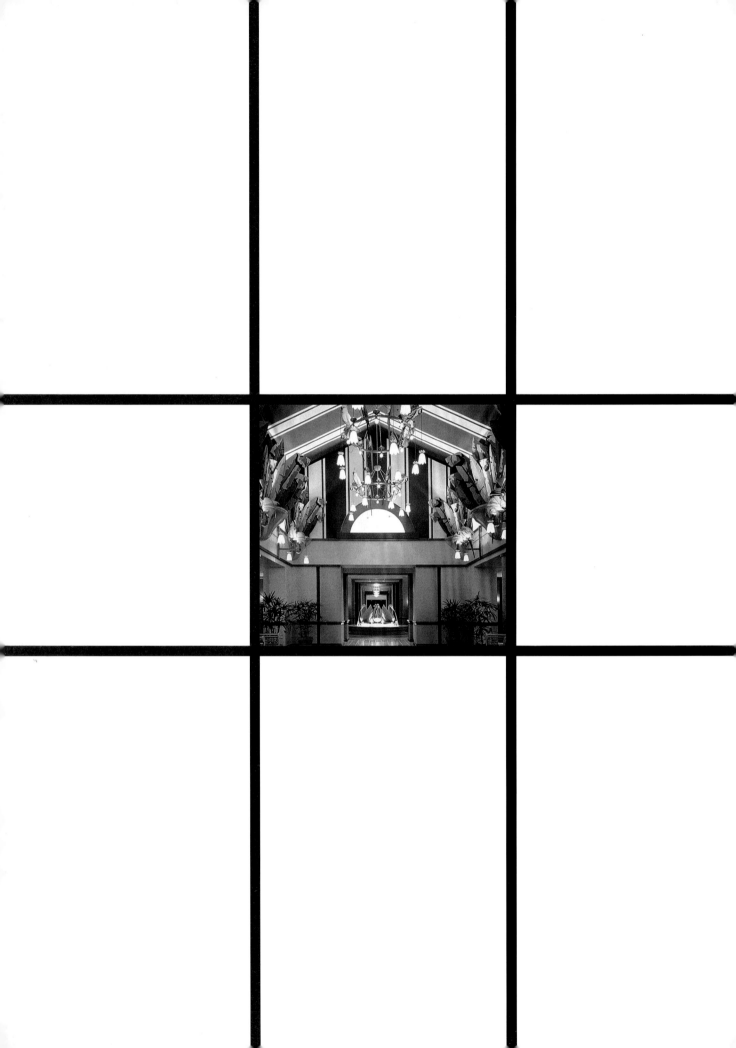

第一章
室内设计的含义、基本观点及流派

第一章 室内设计的含义、基本观点及流派

概　述

　　人的一生，绝大部分时间是在室内度过的，因此，人们设计创造的室内环境，必然会直接关系到室内生活、生产活动的质量，关系到人们的安全、健康、效率、舒适等。室内环境的创造，应该把保障安全和有利于人们的身心健康作为室内设计的首要前提。

　　由于人们长时间生活、活动于室内，因此现代室内设计，或称室内环境设计，主要体现环境设计中和人们关系最为密切的环节。室内设计的总体，包括艺术风格，从宏观来看，往往能从一个侧面反映相应时期社会物质和精神生活的特征。室内设计从设计构思、施工工艺、装饰材料到内部设施，必须和社会当时的物质生产水平、社会文化和精神生活状况联系在一起；在室内空间组织、平面布局和装饰处理等方面，从总体说来，也还和当时的哲学思想、美学观点、社会经济、民俗民风等密切相关。从微观的、个别的作品来看，室内设计水平的高低、质量的优劣又都与设计者的专业素质和文化艺术素养等联系在一起。至于各个单项设计最终实施后成果的品位，又和该项工程具体的施工技术、用材质量、设施配置情况，以及与建设者的协调关系密切相关，即设计是具有决定意义的最关键的环节和前提，但最终成果的质量有赖于设计、施工、材料与业主关系的整体协调。

　　基本要求：掌握室内设计的含义，了解室内设计的目的，建立完整的室内设计观点。

　　领会：室内设计的基本观点和发展流派及其相关的设计特点。

一、室内设计的含义

　　室内设计是根据建筑物的使用性质、所处环境和相应标准，运用物质技术手段和建筑美学原理，创造功能合理、舒适优美、满足人们物质和精神生活需要的室内环境。这一空间环境既具有使用价值，同时也反映了历史文脉、建筑风格、环境气氛等精神因素。

　　上述含义中，明确地把"创造满足人们物质和精神生活需要的室内环境"作为室内设计的目的，即设计以人为本，一切围绕为人的生活生产活动而创造美好的室内环境。

　　所以，室内设计中，从整体上把握设计对象的依据是：

　　功能——指依据何种功能而设计的建筑物和室内空间；

　　场所——指这一建筑物和室内空间的周围环境状况；

　　经济——指相应工程项目的总投资和单方造价标准的控制。

　　设计构思时，需要运用物质技术手段，即各类装饰材料和设施设备等，这是容易理解的；还需要遵循建筑美学原理，这是因为室内设计的艺术性，除了有与绘画、雕塑等艺术之间共同的美学法则之外，作为"建筑美学"，更需

要综合考虑功能、材料、结构、施工、设备以及造价等多种因素。这也是它有别于绘画、雕塑等艺术的差异所在。（图1-1-1、图1-1-2）

现代室内设计既有很高的艺术性的要求，其涉及的设计内容又有很高的技术含量，并且与一些新兴学科，如人体工程学、环境心理学、环境物理学等关系极为密切。现代室内设计已经在环境设计中发展成为新兴的独立学科。

室内设计"是建筑设计的继续和深化，是室内空间和环境的再创造"；是"建筑的灵魂，是人与环境的联系，是人类艺术与物质文明的结合"。现代室内设计是综合的室内环境设计，它既包括视觉环境和工程技术方面的问题，也包括声、光、热等物理环境以及氛围、意境等心理环境和文化内涵等内容。

图 1-1-1

图 1-1-2

二、室内设计的基本观点

室内设计，从创造出满足实用功能、符合时代精神的要求出发，强调确立下述的一些基本观点。

（一）以人为本

"为人服务，这正是室内设计社会功能的基石。"室内设计的目的是创造室内空间，进而优化室内环境。设计者始终需要把人对室内环境的要求，包括物质和精神两方面，放在设计思考的首位。由于设计的过程中矛盾错综复杂，设计者需要清醒地认识到以人为本的重要性。

从以人为本这一"功能的基石"出发，对人体工程学、环境心理学、审美心理学等方面应给予特别的重视，用于科学地、深入地了解人们的生理特点、行为心理和视觉感受等方面对室内环境的要求。

针对不同的人，不同的使用对象，相应地应该考虑不同的要求。例如：幼儿园室内的窗台，考虑到适应幼儿的尺度，窗台高度由通常的900mm—1000mm降至450mm—550mm，楼梯踏步的高度也在120mm左右，并设置适应儿童和成人尺度的二档扶手；一些公共建筑顾及残疾人的通行和活动，在室内外高差、垂直交通、厕所盥洗等许多方面应作无障碍设计。

在室内空间的组织、色彩和照明的选用方面，以及对相应使用性质室内环境氛围的烘托等方面，更需要研究人们的行为心理、视觉感受方面的要求。例如：教堂高耸的室内空间具有神秘感，会议厅规正的室内空间具有庄严感，而娱乐场所绚丽的色彩和缤纷闪烁的照明给人以兴奋、愉悦的心理感受。

（二）环境整体观

现代室内设计的立意、构思，室内风格和环境氛围的创造，需要着眼于对环境整体的考虑。室内设计，从整体观念上来理解，应该看成是环境设计系列中的"链中一环"。

室内设计的"里"和室外环境的"外"，可以说是一对相辅相成、辩证统一的矛盾，正是为了更深入地做好室内设计，就愈加需要对环境整体有足够的了解和分析，着手于室内，但着眼于"室外"。环境整体意识薄弱，就容易就事论事，"关起门来做设计"，使创作的室内设计缺乏深度，没有内涵。当然，使用性质不同，功能特点各异的设计任务，相应地对环境系列中各项内容联系的紧密程度也有所不同。但是，从人们对室内环境的物质和精神两方面的综合感受来说，仍然应该强调对环境整体给予充分重视。

（三）科学性与艺术性的结合

现代室内设计的又一个基本观点，是在创造室内环境中高度重视科学性和艺术性，并使之相互结合。从建筑和室内发展的历史来看，具有创新精神的新的风格的兴起，总是和社会生产力的发展相适应。社会生活和科学技术的进步，人们价值观和审美观的改变，促使室内设计必须充分重视并积极运用当代科学技术的成果，包括新型的材料、结构构成和施工工艺，以及为创造良好声、光、热环境的设施设备。现代室内设计的科学性，除了在设计观念上需要进一步确立以外，在设计方法和表现手段等方面，也日益予以重视。

一方面需要充分重视科学性，另一方面又需要充分重视艺术性，在重视物质技术手段的同时，高度重视建筑美学原理，创造具有表现力和感染力的室内空间和形象，创造具有视觉愉悦感和文化内涵的室内环境，使室内设计是科学性与艺术性、生理要求与心理要求、物质因素与精神因素的平衡和综合。

同时，人类社会的发展，不论是物质技术的，还是精神文化的，都具有历史延续性。追踪时代和尊重历史，就其社会发展的本质讲是有机统一的。在室内设计中，在生活居住、旅游休息和文化娱乐等类型的室内环境里，都有可能因地制宜地采取具有民族特点、地方风格、乡土风格，充分考虑历史文化的延续和发展的设计手法。应该指出，这里所说的历史文脉，并不能简单地只从形式、符号来理解，而是广义地涉及规划思想、平面布局和空间组织特征，甚至设计中的哲学思想和观点。

（四）动态和可持续的发展观

"与时变化，就地权宜"，"幽斋陈设，妙在日异月新"，即所谓"贵活变"的论点是我国清代文人李渔在他室内装修的专著中曾提到的。他还建议不同房间的门窗，应设计成不同的体裁和花式，但是具有相同的尺寸和规格，以便根据使用要求和室内意境的需要，使各室的门窗可以更替和互换。李渔"活变"的论点，虽然还只是从室内装修的构件和陈设等方面去考虑，但是它已经涉及了因时因地的变化，把室内设计以动态的发展过程来对待。

现代室内设计的一个显著的特点，是它对由于时间的推移，从而引起室内功能相应的变化和改变，显得特别突出和敏感。当今社会生活节奏日益加快，建筑室内的功能复杂而又多变，室内装饰材料、设施设备，甚至门窗等构件的更新换代也日新月异。总之，室内设计和建筑装修的"无形折旧"更趋突出，更新周期日益缩短，而且人们对室内环境艺术风格和气氛的欣赏和追求，也是随着时间的推移而在改变。

"可持续发展"一词最早是在20世纪80年代中期欧洲的一些发达国家提出来的，1989年5月联合国环境署发布了《关于可持续发展的声明》，提出"可持续发展系指满足当前需要而不削弱子孙后代满足其需要之能力的发展"。1993年联合国教科文组织和国际建筑师协会共同召开了"为可持续的未来进行设计"的世界大会，其主题为各种人为活动应重视有利于今后在生态、环境、能源、土地利用等方面的可持续发展，联系到现代室内环境的设计和创造，设计者必须不能急功近利、只顾眼前，而要确立节能、充分节约与利用室内空间、力求运用无污染的"绿色装饰材料"以及创造人与环境、人工环境与自然环境相协调的观点。动态和可持续的发展观，即要求室内设计者既考虑发展有更新可变的一面，又考虑到发展在能源、环境、土地、生态等方面的可持续性。

综上所述，现代室内设计的基本观点可以归纳为：科学性、时代精神、动态人、环境艺术、艺术性、历史文脉、可持续发展。

室内设计就是在建筑内进行室内空间的规划、布局与设计。这些在物质上的安排要满足我们对遮蔽防护的要求；它们影响到我们活动的形式，并为之安排一个表演舞台；它们充实我们的抱负，表达出伴随着我们活动的意愿；影响着我们的外观、气质与个性。所以，室内设计的目的，乃是对室内空间进行功能的改进，在美学方面加以优化和丰富。设计是连接精神文化和物质文明的桥梁，人类寄希望于通过设计来改善人类自身的生存环境。

创造具有文化价值和生活环境是现代室内设计的出发点。因此，优秀的室内设计师必须了解社会、了解时代，应对现代人类生活环境及其文化艺术发展趋势有一个总体认识。

三、室内设计的风格与流派

风格即体现创作中的艺术特色和个性；流派指学术、文艺方面的派别。

室内设计的风格和流派，属室内环境中的艺术造型和精神功能范畴。室内设计的风格和流派往往是和建筑以至家具的风格和流派紧密结合；有时与相应时期的绘画、造型艺术，甚至文学、音乐等的风格和流派紧密结合；有时也以相应时期的绘画、造型艺术，甚至文学、音乐等的风格和流派为其渊源和相互影响。例如建筑和室内设计中的"后现代主义"一词及其含义，最早出现于西班牙的文学著作中，而"风格派"则是具有鲜明的特色的荷兰造型艺术的一个流派。可见，建筑艺术除了具有与物质材料、工程技术紧密联系的特征之外，也还和文学、音乐以及绘画、雕塑等门类艺术之间相互沟通。

（一）风格的成因和影响

室内设计风格的形成，是不同的时代思潮和地区特点，通过创作构思和表现，逐渐发展成为具有代表性的室内设计形式。一种典型风格的形式，通常是和当地的人文因素和自然条件密切相关，又需有创作中的构思和造型的特点，形成风格的外在和内在因素。

风格虽然表现于形式，但风格具有艺术、文化、社会发展等深刻的内涵；从这一深层含义来说，风格又不停留或等同于形式。

需要着重指出的是，一种风格或流派一旦形成，它又能积极或消极地转而影响文化、艺术以及诸多的社会因素，并不仅仅局限于作为一种形式表现和视觉上的感受。

20世纪20—30年代早期俄罗斯建筑理论家M.金兹伯格曾说过，"'风格'这个词充满了模糊性……我们经常把区分艺术的最精微细致的差别的那些特征称作风格，有时候我们又把整整一个大时代或者几个世纪的特点称作风格"。当今对室内设计风格和流派的分类，还正在进一步研究和探讨，本章后述的风格与流派的名称及分类，也不作为定论，仅是作为阅读和学习时的借鉴和参考，并有可能对我们的设计分析和创作有所启迪。

（二）室内设计的风格

在体现艺术特色和创作个性的同时，相对地说，可以认为风格跨越的时间要长一些，包含的地域会广一些。

室内设计的风格主要可分为：传统风格、现代风格、后现代风格、自然风格以及混合型风格等。

1.传统风格

传统风格的室内设计，是在室内布置、线形、色调以及家具、陈设的造型等方面，吸取传统装饰"形""神"

的特征。例如汲取我国传统木构架建筑室内的藻井天棚、挂落、雀替的构成和装饰，明、清家具造型和款式特征。又如西方传统风格中仿罗马风、哥特式、文艺复兴式、巴洛克、洛可可、古典主义等，其中如仿欧洲英国维多利亚或法国路易式的室内装潢和家具款式。此外，还有日本传统风格、印度传统风格、伊斯兰传统风格、北非城堡风格等。传统风格常给人们以历史延续和地域文脉的感受，它使室内环境突出了民族文化渊源的形象特征。(图1-3-1)

图1-3-1

2.现代风格

现代风格起源于1919年成立的鲍豪斯学派，该学派处于当时的历史背景，强调突破旧传统，创造新建筑，重视功能和空间组织，注意发挥结构构成本身的形式美，造型简洁，反对多余装饰，崇尚合理的构成工艺，尊重材料的性能，讲究材料自身的质地和色彩的配置效果，发展了非传统的以功能布局为依据的不对称的构图手法。鲍豪斯学派重视实际的工艺制作操作，强调设计与工业生产的联系。

鲍豪斯学派的创始人W.格罗皮乌斯对现代建筑的观点是非常鲜明的，他认为"美的观念随着思想和技术的进步而改变"，"建筑没有终极，只有不断的变革"，"在建筑表现中不能抹杀现代建筑技术，建筑表现要应用前所未有的形象"。当时杰出的代表人物还有Le.柯布西耶和密斯·凡·德·罗等。现时，广义的现代风格也可泛指造型简洁新颖，具有当今时代感的建筑形象和室内环境。（图1-3-2）

3.后现代风格

后现代主义一词最早出现在西班牙作家德·奥尼斯1934年的《西班牙与西班牙语类诗选》一书中，用来描述现代主义内部发生的逆动，特别有一种现代主义纯理性的逆反心理，即为后现代风格。20世纪50年代美国在所谓现代主义衰落的情况下，也逐渐形成后现代主义的文化思潮。受20世纪60年代兴起的大众艺术的影响，后现代风格是对现代风格中纯理性主义倾向的批判，后现代风格强调建筑及室内装潢应具有历史的延续性，但又不拘泥于传统的逻辑思维方式，探索创新造型手法，讲究人情味，常在室内设置夸张、变形的柱式和断裂的拱券，或把古典构件的抽象形式以新的手法组合在一起，即采用非传统的混合、叠加、错位、裂变等手法和象征、隐喻等手段，以期创造一种融感性与理性、集传统与现代、糅大众与行家于一体的"亦此亦彼"的建筑形象与室内环境。对后现代风格不能仅仅以所看到的视觉形象来评价，需要我们透过形象从设计思想来分析。后现代风格的代表人物有P.约翰逊、R.文丘里、M.格雷夫斯等。（图1-3-3、图1-3-4、图1-3-5、图1-3-6）

图1-3-2

图1-3-3

图 1-3-4

图 1-3-6

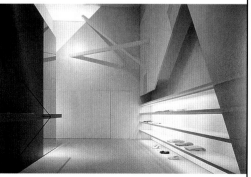

图 1-3-5

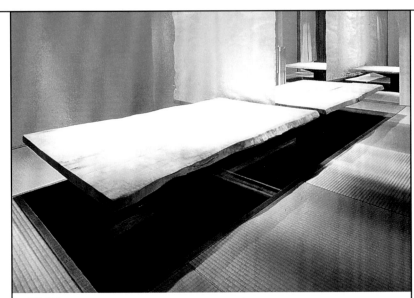

图 1-3-7

图 1-3-8

4.自然风格

自然风格倡导"回归自然"，美学上推崇自然、结合自然，才能在当今高科技、高节奏的社会生活中，使人们能取得生理和心理的平衡，因此室内多用木料、织物、石材等天然材料，显示材料的纹理，清新淡雅。此外，由于其宗旨和手法的雷同，也可把田园风格归入自然风格一类。田园风格在室内环境中力求表现悠闲、舒畅、自然的田园生活情趣，也常运用天然木、石、藤、竹等材质质朴的纹理，巧于设置室内绿化，创造自然、简朴、高雅的氛围。(图1-3-7、图1-3-8、图1-3-9)

此外，也有20世纪70年代反对千篇一律的国际风格的设计，如砖墙瓦顶的英国希灵顿市政中心以及耶鲁大学教员俱乐部，室内采用木板和清水砖砌墙壁、传统地方门窗造型及坡屋顶等，称为"乡土风格"或"地方风格"，也称"灰色派"。

图 1-3-9

5.混合型风格

近年来,建筑设计和室内设计在总体上呈现多元化、兼容并蓄的状况。室内布置中也有既趋于现代实用,又吸取传统的特征,在装潢与陈设中融古今中西于一体。例如传统的屏风、摆设和茶几,配以现代风格的墙面及门窗装修、新型的沙发;欧式古典的琉璃灯具和壁面装饰,配以东方传统的家具和埃及的陈设、小品等。混合型风格虽然在设计中不拘一格,运用多种体例,但设计中仍然是匠心独具,深入推敲形体、色彩、材质等方面的总体构图和视觉效果。(图1-3-10)

（三）室内设计的流派

流派，这里是指室内设计的艺术派别。现代室内设计从所表现的艺术特点分析，也有多种流派，主要有：高技派、光亮派、白色派、新洛可可派、超现实派、解构主义派以及装饰艺术派等。

1.高技派或称重技派

高技派或称重技派，突出当代工业技术成就，并在建筑形体和室内环境设计中加以炫耀，崇尚"机械美"，在室内暴露梁板、网架等结构构件以及风管、线缆等各种设备和管道，强调工艺技术与时代感。高技派典型的实例为法国巴黎蓬皮杜国家艺术与文化中心、香港中国银行等。(图1-3-11、图1-3-12、图1-3-13)

图1-3-11

图1-3-12

图1-3-13

图 1-3-14

2.光亮派

光亮派也称银色派，室内设计中夸耀新型材料及现代加工工艺的精密细致及光亮效果，往往在室内大量采用镜面及平曲面玻璃、不锈钢、磨光的花岗石和大理石等作为装饰面材，在室内环境的照明方面，常使用反射、折射等各类新型光源和灯具，在金属和镜面材料的烘托下，形成光彩照人、绚丽夺目的室内环境。(图1-3-14、图1-3-15)

图 1-3-15

图 1-3-16

3. 白派

白派的室内朴实无华，室内各界面以至家具等常以白色为基调，简洁明确，例如美国建筑师 R. 迈耶设计的史密斯住宅及其室内即属此例。R. 迈耶白派的室内，并不仅仅停留在简化装饰、选用白色等表面处理上，而是具有更为深层的构思内涵，设计师在室内环境设计时，是综合考虑了室内活动着的人以及透过门窗可见的变化着的室外景物，由此，从某种意义上讲，室内环境只是一种活动场所的"背景"，从而在装饰造型和用色上不作过多渲染。（图 1-3-16）

4. 新洛可可派

洛可可原为 18 世纪盛行于欧洲宫廷的一种建筑装饰风格，以精细轻巧和繁复的雕饰为特征，新洛可可继承了洛可可繁复的装饰特点，但装饰造型的"载体"和加工技术却运用现代新型装饰材料和现代工艺手段，从而具有华丽而略显浪漫、传统中仍不失时代气息的装饰氛围。（图 1-3-17）

图 1-3-17

5.风格派

　　风格派起始于 20 世纪 20 年代的荷兰，是以画家 P.蒙德里安等为代表的艺术流派，强调"纯造型的表现"，"要从传统及个性崇拜的约束下解放艺术"。风格派认为"把生活环境抽象化，这对人们的生活就是一种真实"。他们对室内装饰和家具经常采用几何形体以及红、黄、青三原色，间或以黑、灰、白等色彩相配置。风格派的室内，在色彩及造型方面都具有极为鲜明的特征与个性。建筑与室内常以几何方块为基础，对建筑室内外空间采用内部空间与外部空间穿插统一构成为一体的手法，并以屋顶、墙面的凹凸和强烈的色彩对块体进行强调。（图 1-3-18、图 1-3-19）

图 1-3-18

图 1-3-19

图 1-3-20

图 1-3-21

6.超现实派

超现实派追求所谓超越现实的艺术效果，在室内布置中常采用异常的空间组织、曲面或具有流动弧形线型的界面、浓重的色彩、变幻莫测的光影、造型奇特的家具与设备，有时还以现代绘画或雕塑来烘托超现实的室内环境气氛。超现实派的室内环境较为适应具有视觉形象特殊要求的某些展示或娱乐的室内空间。（图1-3-20、图1-3-21、图1-3-22、图1-3-23）

图1-3-22

图1-3-23

7.解构主义派

解构主义是20世纪60年代，以法国哲学家J.德里达为代表所提出的哲学观念，是对20世纪前期欧美盛行的结构主义和理论思想传统的质疑和批判。建筑和室内设计中的解构主义派对传统古典、构图规律等均采取否定的态度，强调不受历史文化和传统理性的约束，是一种貌似结构构成解体，突破传统形式构图，用材粗放的流派。(图1-3-24、图1-3-25)

图1-3-24

图1-3-25

8.装饰艺术派或称艺术装饰派

装饰艺术派起源于20世纪20年代法国巴黎召开的一次装饰艺术与现代工业国际博览会，后传至美国各地，如美国早期兴建的一些摩天楼即采用这一流派的手法。装饰艺术派善于运用多层次的几何线型及图案，重点装饰于建筑内外门窗线脚、檐口及建筑腰线、顶角线等部位。近年来一些宾馆和大型商场的室内，出于既具时代气息，又有建筑文化的内涵考虑，常在现代风格的基础上，在建筑细部饰以装饰艺术派的图案和纹样。（图1-3-26、图1-3-27、图1-3-28）

当前社会处于从工业社会逐渐向后工业社会或信息社会过渡的时期，人们对自身周围环境的需要除了能满足使用要求、物质功能之外，更注重对环境氛围、文化内涵、艺术质量等精神功能的需求。室内设计不同艺术风格和流派的产生、发展和变换，既是建筑艺术历史文脉的延续和发展，具有深刻的社会发展历史和文化的内涵，同时也必将极大地丰富人们与之朝夕相处，活动于其间的精神生活。

图1-3-26

图1-3-27

图1-3-28

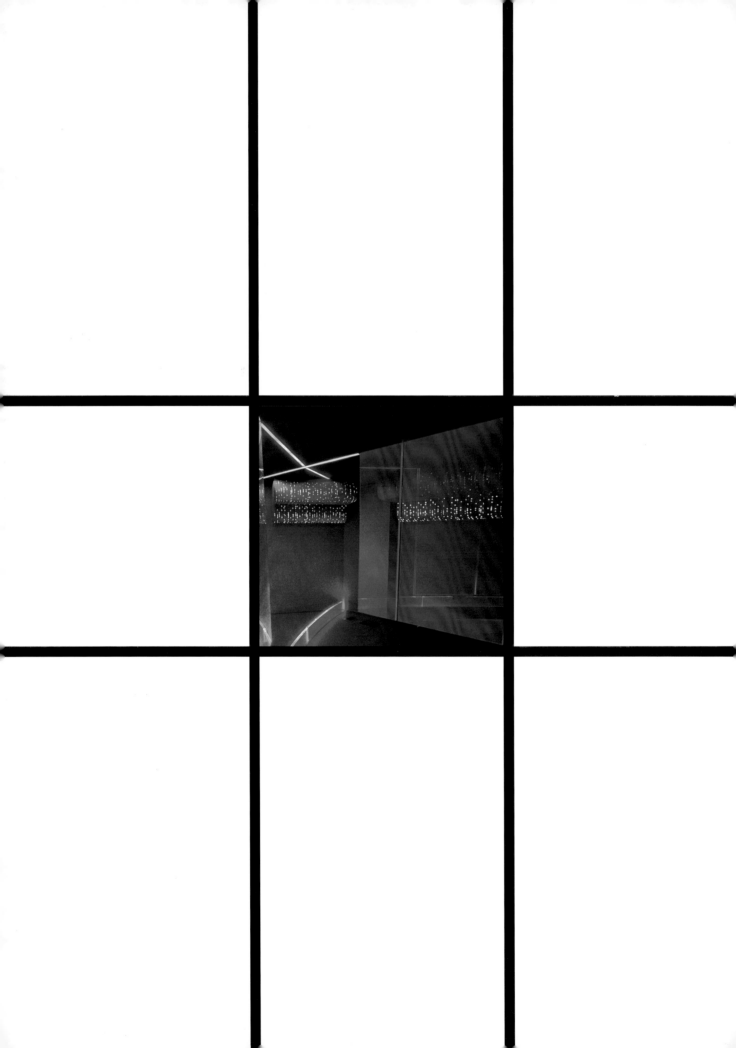

第二章

室内设计的方法
和程序步骤

第二章 室内设计的方法和程序步骤

基本要求：掌握室内设计的方法，对设计步骤也有完整的认识。

领会：在实践中体会室内设计的方法，逐步提高设计能力。

一、室内设计的方法

室内设计的方法，这里着重从设计者的思考方法来分析，主要有以下几点：

（一）大处着眼、细处着手，总体与细部深入推敲

大处着眼，即是如第一章中所叙述的，室内设计应考虑的几个基本观点。这样，在设计时思考问题和着手设计的起点就高，有一个设计的全局观念。细处着手是指具体进行设计时，必须根据室内的使用性质，深入调查、收集信息，掌握必要的资料和数据，从最基本的人体尺度、人流动线、活动范围和特点、家具与设备等的尺寸和使用它们必须的空间等着手。

（二）从里到外、从外到里，局部与整体协调统一

"任何建筑创作，应是内部构成因素和外部联系之间相互作用的结果，也就是'从里到外'、'从外到里'。"

室内环境的"里"，以及和这一室内环境连接的其他室内环境，以至建筑室外环境的"外"，它们之间有着相互依存的密切关系，设计时需要从里到外、从外到里多次反复协调，务必更趋完善合理。室内环境需要与建筑整体的性质、标准、风格和室外环境相协调统一。

（三）意在笔先或笔意同步，立意与表达并重

意在笔先原指创作绘画时必须先有立意，即深思熟虑，有了"想法"后再动笔，也就是说设计的构思、立意至关重要。可以说，一项设计，没有立意就等于没有"灵魂"，设计的难度也往往在于要有一个好的构思。具体设计时意在笔先固然好，但是一个较为成熟的构思，往往需要足够的信息量，有商讨和思考的时间和过程，因此也可以边动笔边构思，即所谓笔意同步，在设计前期和出方案过程中使立意、构思逐步明确，但关键仍然是要有一个好的构思。

对于室内设计来说，正确、完整又有表现力地表达出室内环境设计的构思和意图，使建设者和评审人员能够通过图纸、模型、说明等，全面地了解设计意图，也是非常重要的。在设计投标竞争中，图纸质量的完整、精确、优美是第一关，因为在设计中，形象毕竟是很重要的一个方面，而图纸表达则是设计者的语言，一个优秀室内设计的内涵和表达也应该是统一的。

二、室内设计的程序

室内设计根据设计的进程，通常可以分为四个阶段，即设计准备阶段、方案设计阶段、施工图绘制阶段和设计实施阶段。设计的过程，是一种在前期以收集概念性信息为主的过程和后期以收集物理性信息为主的过程，频繁交换信息、边进行边反馈的过程。特别是在环境规划时，不像一般工业用品那样具有明确的"功能—性能"的关联性，很难对其进行定义性的评价。尤其是在住宅中，这样的矛盾会很多，后期会有许多来自用户的不满等特殊要求，必须加以注意。

（一）设计准备阶段

设计准备阶段主要是接受委托任务书，签订合同，或者根据标书要求参加投标；明确设计期限并制定设计计划进度安排。首先要详细调查居住者一方的使用要求条件及建筑空间一方所承担的制约条件，把这些整理后开始工作。

明确设计任务和要求，如室内设计任务的使用性质、功能特点、设计规模、等级标准、总造价，根据上述信息来创造室内环境氛围、文化内涵或艺术风格等。

熟悉与此设计有关的规范和定额标准，收集分析必要的资料和信息，包括对现场的调查勘测以及对同类型实例的参观等。

在签订合同或制定投标文件时，还包括设计进度安排、设计费率标准（即室内设计收取业主设计费占室内装饰总投入资金的百分比）。

（二）方案设计阶段

方案设计阶段是在设计准备阶段的基础上，进一步收集、分析、运用与设计任务有关的资料与信息，构思立意，进行初步方案设计、深入设计以及进行方案的分析与比较。

确定初步设计方案，提供设计文件。室内初步方案的文件通常包括：

1. 平面布置图：平面图是用来表示房间用途及功能，可以根据它在平面上了解家具、灯具、铺装物、饰物、设备等的位置、大小及相关关系。因需要表示的内容非常多，所以任何细节都要正确地表示出来。

2. 顶棚布置图（照明平面布置图）：顶棚布置图是为了表示顶棚的设计意图以及照明器械的大小及位置，需要标出正确的位置及详细的尺寸。

3. 立面图（剖立面图）：立面图是对墙壁构成的内容加以说明，需要标出正确的位置及详细的尺寸。剖面图是详细说明结构纵剖面的重要图纸，它能充分说明室内空间的变化。

4. 室内效果图：用室内透视图来表现室内空间设计的各种因素，能直观地看到设计意图。

5. 室内装饰材料实样：对于设计中使用的材料通过实样来进行比较和调整。

6. 设计说明书和造价预算：对于设计的意图进行文字说明，并对整个设计的造价进行预算。

初步设计方案需经审定后，方可进行施工图设计。

（三）施工图绘制阶段

施工图绘制阶段需要补充施工所必要的平面布置、立面和照明布置等图纸，还需包括节点细部大样图以及水、电、暖、通等设备管线图，编制施工说明和造价预算。

（四）设计实施阶段

设计实施阶段也即工程的施工阶段。室内工程在施工前，设计人员应向施工单位进行设计意图说明及图纸的技术交底；工程施工期间需按图纸要求核对施工实况，有时还需根据现场实况提出对图纸的局部修改或补充；施工结束时，会同质检部门和建设单位进行工程验收。

为了使设计取得预期效果，室内设计人员必须抓好设计各阶段的环节，充分重视设计、施工、材料、设备等各个方面，并熟悉、重视与原建筑物的建筑设计、设施设计的衔接，同时还须协调好与建设单位和施工单位之间的相互关系，在设计意图和构思方面取得沟通与共识，以期取得理想的设计工程成果。

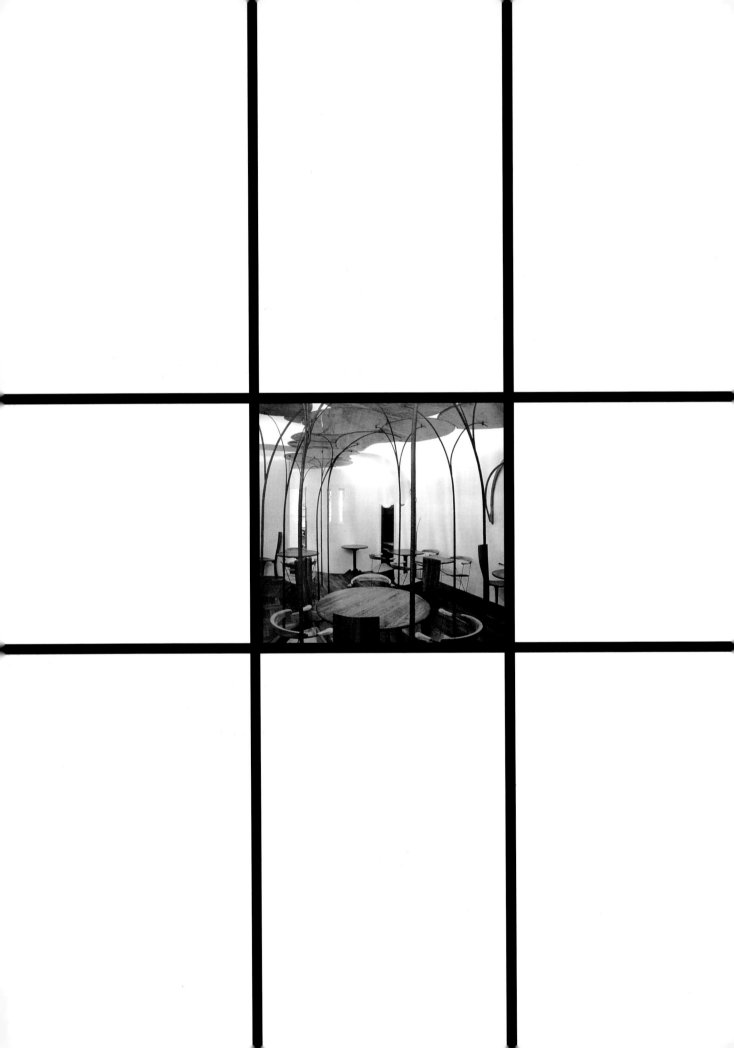

第三章

室内设计要素

第三章　室内设计要素

基本要求：掌握室内设计的基本要素与语言，并能熟练运用到设计中。

领会：在设计过程中体会室内设计的比例、尺度等关键要素，对提高设计能力有很大帮助。

一个成功的室内设计，在功能上要适用，在视觉上要具有一种吸引力。线条、形式、质感和色彩，这些设计要素是连同设计原则、大小、比例、尺度、韵律、重复和平衡等原则反映在不同的场所和位置上，像建筑学、景观建筑学一样，室内设计的构图都是三维的。当人们在这些空间生活和工作时，既要在视觉上，又要在物质上感受到这些空间。室内设计是由反映固有的线条、形式、质感和色彩的材料所构成的空间。凡满足功能要求和有魅力的设计，设计者都是在设计原理的基础上变换设计要素，突出具体场地的特征、环境特色，并满足用户提出的条件。优秀设计的一些共同特征可以概括如下：首先，好的设计师要考虑顾客和用户的需要；其次，方案功能合理并可以实施；第三，对工程情况了如指掌；第四，有良好的审美效果，能改善生活质量。

尽管设计的价值往往是通过外在的视觉效果来衡量，但采用什么设计准则却是十分重要的。漂亮的平面图未必就是成功的设计。同样，一个设计尽管功能上得到满足，但看上去缺乏艺术性，也不足取。成功的设计应在总体构思中同时具有功能和审美两种效果。总之，令人赏心悦目的室内设计可以改善人们每天赖以生活的周围环境，可以提供一个减少紧张、焦虑和冲突感的环境。

一、线条、形态、色彩和质感

（一）线条

在室内设计以及其他设计领域中，线条存在于各个构件和材料的边缘，如地板表面及其图案、天花板、墙板及相关的开口处都有线的存在。垂直线、水平线可在房间的形状或结构材料边缘以及其他封闭物件中找到。

线能创造视觉运动，并通过描绘形状和边缘来确定外形和面积。线条可以是直线、斜线、平行线、垂直线、曲线或这些线的综合，直线带来拘谨的感觉，曲线会显得自然，交叉线则有含蓄的特点。（图3-1-1）

室内设计中所有材料都有线的存在，因此对形状和材料的

图3-1-1

固有线条特性的了解十分重要。如果在构思之初已知建筑材料是直线的，那么对线条性质的了解会告诉你采用密集的曲线就不可能作出逼真的设计。这是材料的固有性质所决定的。

　　构图中线条的选择应考虑房间的形式、交通流线以及活动方式和区域。通常，房间的形式及其陈设或它的用途决定了室内装饰设计中应该使用的线。线是处理视觉艺术和物质构成以及组织设计方案的一种手段。（图3-1-2、图3-1-3）

图 3-1-2

图 3-1-3

（二）形态

　　形态是客体或空间真实的三维影像。建筑物从外面去"看"是实体，而从内部去"看"则是正面有开口的遮盖结构。室内空间常常是作为这一实体内的空心体去看待的。

　　点是一切形式的原发物。当一个点移动时，它留下一条线的轨迹——一维元次。当一条线向着不同于自己的方向平移时，就界定出一个面——二维元次。一个面，沿着斜向或垂直于自己表面的方向移动时，就形成一个三维的体量。

　　点、线、面和体，这些是形式的原发要素。在现实之中，一切可见的形体都是三维的。在描述形式时，这些原发元素，因它们的长、宽、高以及有关比例和尺寸的不同而有所区别。

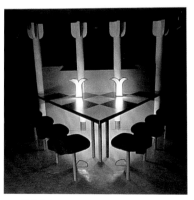

图 3-1-4

（图3-1-4、图3-1-5）

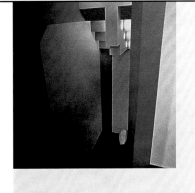

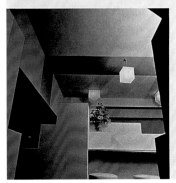

图 3-1-5

图 3-1-6

　　一个点在空间中标明一个位置，在概念上，它没有长、宽、高。它因此是静态的，无方向性的。作为形态的原发要素，它可标志出一条线的起止，标明两条线的交点，当平面上或体量中的线条相交时，点也可标出交角的顶棚。

　　作为一种可见的形，点最常见的是以圆点的形式出现，是一个比它周围物体都小的圆形。当足够小，足够紧凑，而且也无方向性时，其他各种形状也可看成是点状物。当一个点处于区域或空间中央，它这时是稳固的、安定的，并且能将周围其他要素组织起来。当它由中央挪开时，它保留着这种以自我表现为中心的性质，但更趋能动。它引起这个点与周围区域之间呈现紧张状态。由点所生成的形态，诸如圆圈或球形，都分别具有点的这种以自我为中心的性质。（图 3-1-6）

　　斜线，与水平线和垂直线均不同，可视为正在上升或下滑。两者都暗示着一种活动，在视觉上是积极而能动的。曲线表现出一种由侧向力所引起的弯曲运动。它更倾向于表现柔和的运动。由于弯曲方向的不同，它们可以是隆起的，或是反映一种压实感依附着地面。纤小的曲线表现一种嬉戏、带有能量或成为生物生长的代表图形。

　　线形部件的传统用法是用作垂直支撑，架空的或表现横跨空间作用的构件，线形部件还可以作为界定空间容器的边缘线。线形部件在结构上所扮演的角色，无论在建筑的尺度，还是在室内空间或家具的尺度上，都可以见到。

　　在设计过程本身中，可以把线条简单地当作是有调节和校准能力的零部件来对待，来表现出设计中所用各部件之间的关系，并借此组织出种种几何图形。一条线在自身方向之外平移时，界定出一个面。在概念上，面是两维的，有长度和宽度，但无厚度。在现实中，面的长和宽是主要的，不管厚度如何，它必须是可见的。（图 3-1-7）

　　面的原本特性是形状，这形状由这个面的边缘外轮廓线描绘出来。由于我们对平面形状的感觉可能被透视作用所歪曲，只有在正视时，我们才看得到这个面的真实形状。（图 3-1-8）

除了形状之外，平面状的形还具有各种材质的表面、颜色、质地和花纹等不可忽略的特性。这些视觉特点在下列诸方面影响着面的性质：视觉上的重量和坚实度；所见到的大小、比例，与在空间中的位置；反光的程度；触觉与手感；声学特性。

图 3-1-7

图 3-1-8

（三）色彩

色彩是一个完全可见的要素。技术上，它是观察到的光波从物体表面的反射。当光投射到平面上，有些光波被吸收，另一些则被反射，反射光决定了物体的颜色。光射在不同表面时，光波有的被吸收，有的被反射，所见的真实颜色都是反射光波。

室内设计中可利用色彩引起的视觉刺激使之形成种种形式对比。暖色（红和橙）在视觉上是醒目的颜色，而蓝和绿是冷色，在视觉上不突出。比如在室内设计中植物和装修材料的选择应在确立的一个主题下进行，以便同室内布置、设备及它的环境形成补充或对比关系。季节的补充作用也应在设计内考虑，可以选择有变化的绿色阴影来丰富室内景观。可选用的植物品种很多，利用它们有季节性变化的特点可使室内的色彩变得活跃。（图3-1-9、图3-1-10、图3-1-11）

图 3-1-10

图 3-1-9

图 3-1-11

无论色彩的主题是什么，均应保持统一的设计风格。对色彩的选择要注意地区特性，不同地区有不同的颜色偏爱。颜色有色彩、明度和强度的特征。色彩是色的名称，如红、黄、紫等；明度描绘颜色的明暗程度，指示所反射光的质量；强度是色的纯度、力度或饱和度。单色构图是由一种色彩或色的不同明度和强度构成。补色是指在色轮上相对的色彩并排使用以作强调，如红与绿或蓝与黄相邻都互为补色，有较大强度。这是由于这些色互相接近而创造强烈对比的缘故。

为一个室内空间制定色彩方案时，必须细心考虑将要设定的色彩、基调以及色块的分布。方案不仅仅应满足空间的目的和应用，还应顾及其建筑的个性。

必须根据一个室内空间的主要块面，并根据如何使用色彩来修饰它们所显示的尺寸、外形、尺度和距离，再作出决策。分别用哪些部件要素去构成背景、中景及远景？是否有需要突出建筑的构造上的特色，或是抑制一些不值得考虑的部件？

房间里最大的表面，传统上一直是地板面、墙面和顶棚，它们多具有中等明度。在这种背景下，中体量部件如大件家具或单块地毯，可以选用比较纯一点的颜色。最后，重点块面、装饰品和其他小尺度部件，可以具有强烈的彩度来形成平衡和趣味中心。

中性的色彩方案最具有伸缩性。对一个更富戏剧性的效果来说，一个房间的主要块面可以用更高明度的色彩，而中体量部件则用较低的纯度。在大块面上必须慎重使用强烈色彩，在小房间里尤其要小心，它们会缩小视觉距离，并可能有视觉上的要求。

与颜色分布同样重要的是色调的分布，也就是空间中明色与暗色的分布图案。一般说来最好是用不等量的明色与暗色，再配上一系列中等范围的明度作为过渡。避免使用等量的明、暗色，除非本意是要作出一种肌理效果。

一般典型做法是采用高明度的大块面配以中等明度或低明度的小块面。这种高明度的运用，在需要有效利用光线的场合特别适用。低明度的色彩方案吸收了房间内的大部分光线，其后果是显著降低了照度。

另一种明度方式是模仿自然界的模式。在这种色调顺序中，地面最深，墙面四壁居中等，顶棚最浅。当然，色调的分配和它们的对比度还取决于空间尺寸、形状和尺度。由于高明度总是退后，而低明度总是靠前，它们的位置会改变空间的透视感。

（四）材料与质地

一切材料在一定程度上都有一种质感。质地是由于物体表面的三维结构产生的一种特殊肌理。质地的肌理越细，其表面呈现的效果就越平滑、光滑。甚至粗劣的质地，在远处看去，也会呈现某种相对的平整效果。物体表面的粗糙与光滑程度形成了物体的质地，诸如石材的粗糙面、木材的纹理以及纺织品的编织纹路等。

质地有两种基本类型：触觉质感和视觉质感。前者是真实的，在触摸时可以感受到，而后者是眼睛看到的，给人以视觉上的感受，但也可以是真实的，只有在近看时，才可能暴露出质地的粗糙程度。质地的相对尺度可以影响到空间里一个面的外形和位置。有方向性纹理的质地能够强调一个面的长度或宽度。粗糙的质地可使一个面感觉更近些，从而减小了它的尺度，同时加大它在视觉上的重力感。通常，质地倾向于在视觉上去不断充满它所在的空间。

图 3-1-12

图 3-1-13

（图 3-1-12、图 3-1-13）

　　影响质地的因素还有光照，反之，光照也受到它所照亮的质地的影响。当直射光斜射到有实在质地的表面时，会提高它的视觉质感。漫射光线则会减弱这种实在的质地，而且甚至会模糊掉它的三维结构。平滑、光亮的表面反射耀眼的光线，图像清晰，吸引我们的注意力。粗糙的或中等粗度的表面吸收并且均匀地扩散光线，它比起同类颜色但光滑的表面，表现得更暗些（图 3-1-14）。用直射光线照在粗糙表面上，会形成清楚的光影图案。

图 3-1-14

对比作用影响质地表现的强弱程度。在光滑而单一的背景对比下，一种质地会比相似质地并列在一起时表现得更突出。当它衬托在更为粗糙的背景中时，该质地会显得更细腻，而且在尺度感上会变小。质地是材料的一种固有本性，我们可用来点缀、装修并给空间以含意。如何组织并将不同的质地构成图案，这和色彩与光照图案的构成一样重要。它必须与考虑中的空间性格和用途相符合。（图3-1-15、图3-1-16）

图3-1-15　　　　　　　图3-1-16

没有质地变化的房间也许是乏味的。坚硬与柔软的组合，平滑与粗糙、光亮和灰涩等各类质地的组合都可用来创造出变化和趣味（图3-1-17）。纹理的选择与分布必须适度，注意力应该放到它们的秩序性和序列性上。如果它们有着某种共同特性，诸如反光的程度或相似的视觉重力感，那么对比质地之间的和谐性也是可以得到确认的。（图3-1-18）

图3-1-17　　　　　　　　　　　　　　　　　　　　　　　图3-1-18

每一种质地的外在物体就体现在不同的材料上。室内设计的主要材料有几大类：木材、金属、石材、玻璃和塑料等。

木材用于室内设计已有悠久的历史。它材质轻，强度高，有较佳的弹性和韧性，耐冲击和振动，易于加工和表面涂饰，对电、热和声音有高度的绝缘性，特别是木材美丽的自然纹理、柔和温暖的视觉和触觉是其他材料所无法替代的。（图3-1-19、图3-1-20）

图 3-1-19

图 3-1-20

树种	硬度	性能
白松（针）	软	纹理直、结构细、质轻
云杉（针）	略软	纹理直、结构细密、有弹性
杉木（针）	软	纹理直、韧而耐久、易加工
红松（针）	较软	纹理直、耐水、耐腐、易加工
水曲柳（阔）	略硬	纹理直、花纹美、结构细
桦木（阔）	硬	纹理斜、有花纹、易变形
樟木（阔）	略软	纹理斜或交错、质坚实
楠木（阔）	略软	纹理斜、质细、有香味
榉木（阔）	硬	纹理直、花纹美、结构细
柚木	略硬	纹理直、花纹美、耐久
柳桉	略硬	纹理直、有带状花纹、易加工
紫檀木	硬	纹理斜、质细密、不易加工
花梨木	硬	纹理粗、质细密、花纹美
黑胡桃木	略硬	纹理直、花纹美、耐久
蚁木	略硬	纹理粗、耐久

木材分针叶树材和阔叶树材两大类。针叶树树干通直而高大，纹理平顺，材质均匀，耐腐蚀性强，在室内主要用于隐蔽部分的承重结构。阔叶树树干材质硬且重，强度较大，纹理自然美观，是室内家具的主要用材。

为了使天然木材便于加工和提高木材的利用率，人造板材现在已得到广泛的推广应用，比如胶合板、纤维板、刨花板、细木工板和防火板等。另外，竹材和藤材也广泛应用到室内设计中。

金属材料由于其拥有突出的色泽和质感而在现代室内设计中扮演着重要的角色，分结构承重材与饰面材两大类。钢、不锈钢及铝材具有现代感，而铜材较华丽、优雅，铁则古拙厚重。（图3-1-21）

图3-1-21

种类	特性	形式
普通钢材	强度、硬度与韧性最优良的一种材料	扁钢、钢板、方钢、圆钢、六角钢、工字钢、槽钢、钢丝等
不锈钢材	耐腐蚀性强，表面光洁度高	光面或镜面板、雾面板、丝面板、腐蚀雕刻板、凹凸板等
铝材	化学性质活泼，耐腐蚀性强，便于铸造加工	加入镁、铜、锰、锌和硅等元素可组成铝合金
铜材	表面光滑，光泽中等	纯铜、黄铜、青铜、白铜、红铜

分类	特性	备注
天然大理石	组织细密、坚实、可磨光、颜色美丽繁多	表现可加工成不同的形式的肌理：粗磨、细磨、抛光、火焰烧毛、凿毛或琢石等
天然花岗石	构造致密、硬度大、耐磨、耐压、花纹为均料状斑纹	
人造大理石	抗污力、耐久性及可加工性均优于天然石材	
人造花岗石	抗污力、耐久性及可加工性均优于天然石材	
水磨石	耐久性及可加工性均优于天然石材	

主要品种	特性
平板玻璃	无玻筋、玻纹、光学性质优良
磨砂破璃	能透光但不能透视
钢化玻璃	具有良好的抗冲击、抗弯以及耐急冷、急热的性能
夹膜玻璃	具有较高的强度，安全，耐冲击
彩色玻璃	分透明和不透明两种
玻璃空心砖	具有热控、光控、隔音、减少灰尘透过等优点

较多金属由于自身的物理性质不够稳定，所以将两种以上金属元素组合，或将金属与非金属元素组成具有金属性质的物质——合金。如钢是铁和碳所组成的合金，黄铜是铜和锌的合金。黑色金属是以铁为基本成分的金属及合金。有色金属的基本成分是铜、铝、镁等金属和其合金。

石材分天然和人造两种。前者指从天然岩体中开采出来，并经加工成块状或板状材料的总称。后者是以前者的石渣为骨料制成的板块的总称。石材在色彩、纹理、光泽以及质地上的特殊品性使其在空间设计中的运用越来越普遍。（图 3-1-22）

玻璃已由过去单纯的采光材料演变为多姿多彩的装饰材料。其以对光照的敏感度以及物理形态的多变在室内设计中占有重要的一席之地。（图 3-1-23）

图 3-1-22

图 3-1-23

二、设计原理

室内设计开始时应首先了解整个设计的范围，它与人、建筑、工业设计等有密切的关系。为了熟练地运用空间中的线条、形式、质感和色彩等要素，要熟悉基本设计原理中的比例、匀称、条理、和谐、重点、重复、韵律和平衡等设计技巧。设计者还应考察该项工程的总体特征，摸清设计条件，从而依据设计要素去确定总体形象，完成设计。室内设计需要表达出场地的景观特征，并创造出建筑物与其场地之间的协调感。

任何设计领域中的基本设计原理都是设计构思的基础。这些造型与构图原理在工程设计和艺术中如绘画、雕塑、织物、陶器、摄影、制图、建筑学、景观建筑学和室内植物景观中都要用到。构图设计原理有助于熟练地使用设计要素——线条、形式、质感和色彩。设计方案确定后，就要考虑到材料的选择和研制。它要服务于创造出一种统一、和谐、有魅力的设计目的。在室内设计中，构图包括了由建筑师所确定的空间。在运用设计原理时，应注意到每一种植物或设计要素可以同时提供许多设计功能。所有设计原理都有自身的价值，但在视觉设计上最重要的是比例。

（一）尺度

尺度是某一物体或众多物体在空间中的相对尺寸。合理的尺度是成功设计的重要因素。确定不同空间的各设计部分——地板、墙和天花板之间的比例是十分严格的。整个设计过程要强制做到尺度的一致性。适宜的尺度设计使空间看起来适宜而舒适，而尺度失调的区域则会产生一种不愉快的视觉。确立适当的比例度量基础之一是人体。

比例这一概念的定义是各元素或空间在视觉和物质上相对于人或人群的比较。在制图中，人体元素有助于设计师了解各元素和空间之间的尺寸和比例。（图3-2-1）

设计中，工程区域的尺寸和形式决定了所含元素的比例。空间或空间内因用途而划定的区域决定可能进行的活动和可利用的条件。隔断、家具等应按它们之间的比例关系以及所占空间的比例相互配合和种类来选择。其他选择标准是设计部件和空间中陈设的组合以及它们相对于空间、环境和人的活动所占的位置。（图3-2-2、图3-2-3）

（二）比例

比例的概念直接与尺度有关。比例是设计与构图要素的相互关系。在室内设计中，比例是指空间内各部件之间的相对大小。用于室内设计中的各实际尺寸应比室外空间的要小，这对于结构来说也是合理的。比如室外踏步的边缘加大了，以适应不同使用情况和气候的影响。室内区域和空间比室外空间要小得多。（图3-2-4、图3-2-5、图3-2-6）

图3-2-1

图 3-2-2

图 3-2-3

图 3-2-4

图 3-2-5

图 3-2-6

(三) 秩序

　　秩序是对设计中体系和基础结构的感受。秩序也可以认为是工程项目的主题和风格——如何安排布局。一个没有条理的设计只不过是凌乱而互不相关的大杂烩。自然的、各种形态的、曲线的和对称的图案、设计线条的各种变化等均可构成秩序。(图3-2-7、图3-2-8)

图 3-2-7

图 3-2-8

秩序原则是根据某区域内对现有构筑、房屋边界、轮廓和形式的整体组织和结构的视觉与情感反映而确定的。为了评价其秩序性，可以问"空间或房间内其陈设在逻辑安排上是否合适"。当评价已有设计或方案时，应当尝试去判断是否已定出总的主题或流程图。直线、正交线、对角线或曲线等都是设计方案中条理性的基础。一个方案通过线条不表达设计主题时，需要对建筑的基本形态、房间空间形态或用途加以补充或进行对比。视线、内外景和交通流线也是创造秩序设计的出发点。（图3-2-9、图3-2-10）

图3-2-9

图3-2-10

因为室内工程包括由许多不同空间和边界组成的不同区域，所以秩序的目的在于将这些分离的区域结合在一起。秩序的概念应用于空间的统一，不致使个别的构件或区域突出。规划应从地板平面开始，延伸向有封闭作用的天花板或顶部封闭物。秩序的观念也能将室外或入口区延伸进室内空间。（图3-2-11）

图3-2-11

（四）和谐

和谐与条理紧密相关，它反映设计中各要素和特征的协调关系。和谐是线条、形式、质感和色彩等视觉要素给予观赏者的感受。更准确地说，和谐是适合特定区域设计要素的协调关系，而不是对某些特殊线条的局部构图的感受。设计方案包含有许多辅助空间，和谐使细部统一并减少各个部分之间干扰的数量，因此能创造完整性，而不暴露各部分之间的差异性。在设计中，当线条、形式、质感和色彩之间达到了协调关系后，逻辑关系就显现出来了。室内设计中还经常利用和谐原理，简化给定的设计中不同元素的数量，亦可减少视觉干扰。（图3-2-12、图3-2-13）

设计者必须学会区分和谐与单调的微小差异。为了和谐而对同一部件重复应用太多，也会产生不好的效果。无论是外部空间设计还是室内设计均应在简单与复杂、相似与差异的精巧中寻求平衡，才能实现和谐的观念。（图3-2-14、图3-2-15）

图 3-2-12

图 3-2-13

图 3-2-14

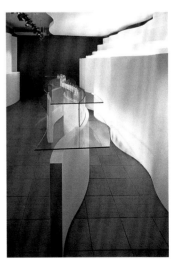

图 3-2-15

三、细部设计——设计的灵魂所在

一个经过设计思维而成的空间与一个美丽而引人注意的三维空间影像，其最大差别在于细部之有无及其执行。前者提供感官的实质经验，后者留下许多想象空间。细部设计对我们而言是一个落实设计的工具，凭借各种不同材料交接之设计，空间观念得以延续，并在作品完成后给予空间应有的深度质感及个性。

细部设计的思考逻辑要求我们不拘泥于一个尺寸、一个标准来看世界。细部毕竟是整体空间的一部分，为了达成与整体的一致性，设计者需随时调整看事情的尺度标准，就有如伸缩镜头般，可随时进展，以了解总的效果。当从外太空望向地球，广袤的尼罗河流域看起来像一棵树，层峰连绵的藏北高原却似显微镜下的肌肤表层。以小观大，以大推小，事无绝对，事事有无限可能。(图3-3-1)

图 3-3-1

对细部设计的思考让我们对工艺深深痴迷,对于置身小尺度却有大情怀的工艺家和艺术家心存敬佩。因为最终而言,细部设计是最实际的,没有大理论,也没有迷思,只有设计师所选择之材料的诚实以对。一个完美的细部,表现了各材料的特质及能力,不多不少,恰如其分。工艺家与艺术家们的执著使得一些细部到达完美之境。

面对细部设计,我们也常采取实验的态度,尝试了解相类似的细部如何改善及在不同时空中不同的效果及用途。细部设计的乐趣可以存在于:外形的设计;修改现有的成品以赋予新的品质;将日常生活中平常之物件出乎常规地组合;放弃现成品的限制,回归原点以基本材料来设计及材料的实验。细部不是整体设计的局部延伸,它服膺于空间的阶层的逻辑结构。(图

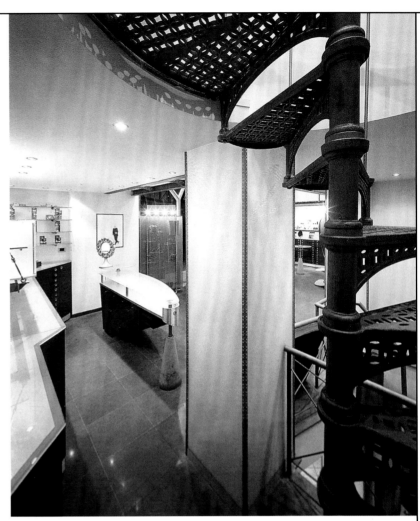

图 3-3-2

图 3-3-3

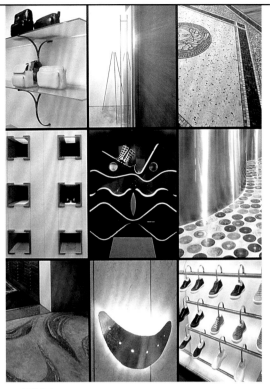

图 3-3-4

图 3-3-5

3-3-2、图 3-3-3)

　　细部不是论述指陈的焦点，可以赋予一个开端和结束，制造一个完整有中心思想的幻象，而不在发言中稀释了完整的意涵；不是空间知识研究的目标，在此中狭隘地钻研，以为撷取了空间美学之钥，而忽略了存在更基本的理由。

　　空间中的细部设计，除了靠设计者对空间思考的敏锐度，还需经屡次"行而后悟"的锤炼与验证。如果设计者在面对空间架构时，作一种整体性逻辑思考，那么细部的表现，便是这种逻辑思索的诚实出演；反之，细部若只是卖弄一些流行精致的形式，而忽略对空间所应有的逻辑思考，且不符个案及业主的需求，所谓的细部，根本只是一种形式语言的空洞堆叠。（图 3-3-4、图 3-3-5）

　　因此，当开始面对设计个案时，必定从各种角度思考，切入主题，并发掘基础环境独有的特征来开展设计。此种具系统性、逻辑性的空间诠释，并依此建构，达成与原有空间的各种对话，描绘出不

图 3-3-6

图 3-3-7

同空间所特有的表情（图3-3-6、图3-3-7）。例如，精巧的钢构零件对比于原有混凝土建材的粗犷面，利用间接照明戏剧性地转换了原有空间的视觉尺度，或是以非常精练而自制的细部建构，来达成深沉而低调的空间个性。

图3-3-8

图3-3-9

图3-3-10

图3-3-11

（图 3-3-8、图 3-3-9）

　　纵使是细部的设计，也可能有不同的意义。在许多时候，它们可能是装饰和符合在另一个层次的延伸。细部应该是整体空间中关键性的环节（图 3-3-10、图 3-3-11）。每一个细部都能够延续在空间设计中建立的主题，每一个

图 3-3-12

图 3-3-13

图 3-3-15

细部都深深地融入建筑概念中，并且能成为空间的DNA的携带者，甚或是DNA本身，而不只是附加上的装饰花环。

画家Paul Klee曾提醒我们，在思考植物时应当缜密地思考它的各个部分，如同一棵盛开着花朵的苹果树，它的根、茎、树干与枝葛，绿油油的簇叶，活生生的汁液，层层包覆的年轮，繁簇如星的花朵；它的结构，它的性质，它的果实，它的种子……对于Klee而言，即便最小、最外在的枝叶也包含着架构整体的法则。(图 3-3-12、图 3-3-13、图 3-3-14、图 3-3-15、图 3-3-16)

图 3-3-14

图 3-3-16

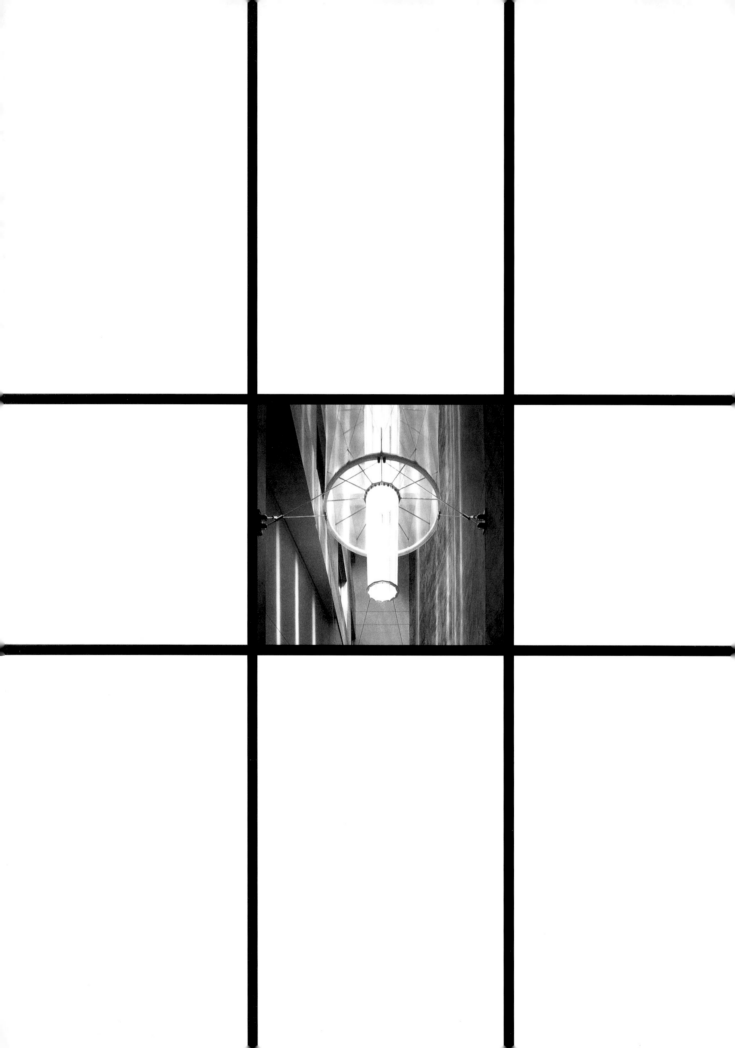

第四章

室内人体工程学的应用

第四章 室内人体工程学的应用

基本要求：掌握人体工程学、环境心理学与室内设计的关系。

领会：人体工程学在室内设计的各个要素中的体现。

现代室内环境设计日益重视人与物和环境间，以人为主体的具有科学依据的协调。因此，室内设计除了依然十分重视视觉环境的设计外，对物理环境、生理环境以及心理环境的研究和设计也已予以高度重视，并开始运用到设计实践中去。

一、人体工程学的含义和发展

人体工程学(Human Engineering)，也称人类工程学、人间工学或工效学(Ergonomics)。工效学 Ergonomics 出自希腊文 "Ergo"（即"工作、劳动"）和 "nomos"（即"规律、效果"），即探讨人们劳动、工作的效果、效能的规律性。

人体工程学一般来说，是指研究人的工作能力及其限度，使工作更有效地适应人的生理、心理特性的科学。

人体工程学起源于欧美，原先是在工业社会中，开始大量生产和使用机械设施的情况下，探求人与机械之间的协调关系，作为独立学科有 40 多年的历史。第二次世界大战中的军事科学技术，开始运用人体工程学的原理和方法，在坦克、飞机的内舱设计中，如何使人在舱内有效地操作和战斗，并尽可能使人长时间地在小空间内减少疲劳，即处理好：人—机—环境的协调关系。及至第二次世界大战后，各国把人体工程学的实践和研究成果，迅速有效地运用到空间技术、工业生产、建筑及室内设计中去，1960 年创建了国际人体工程学协会。

日本千叶大学小原二郎教授认为："人体工程学是探知人体的工作能力及其极限，从而使人们所从事的工作趋向适应人体解剖学、生理学、心理学的各种特征。"

其实人—物—环境是密切地联系在一起的一个系统，今后"可望运用人体工程学主动地、高效率地支配生活环境"。

人体工程学联系到室内设计，其含义为：以人为主体，运用人体计测，生理、心理计测等手段和方法，研究人体结构功能、心理、力学等方面与室内环境之间的合理协调关系，以适合人的身心活动要求，取得最佳的使用效能，其目标应是安全、健康、高效能和舒适。

二、人体工程学在室内空间中的运用

（一）确定人和人际在室内活动所需空间的主要依据

根据人体工程学中的有关计测数据，从人的尺度、动作域、心理空间以及人际交往的空间等，以确定空间范围。

然而，设计是在不断进行分析与综合的过程中逐渐接近于目标的技术，分析性的数据未必能原封不动地应用于设计之中，而人体工程学则起着走向综合的桥梁作用。人体工程学是设计的有效控制手段。

（二）确定家具、设施的形体、尺度及其使用范围的主要依据

家具设施为人所使用，因此它们的形体、尺度必须以人体尺度为主要依据，同时，人们为了使用这些家具和设施，其周围必须留有活动和使用的最小余地，这些要求都由人体工程学科学地予以解决。室内空间越小，停留时间越长，对这方面内容测试的要求也越高，例如车厢、船舱、机舱等交通工具内部空间的设计。

（三）提供适应人体的室内物理环境的最佳参数

室内物理环境主要有室内热环境、声环境、光环境、重力环境、辐射环境等，有了上述要求的科学的参数后，在设计时就有可能作出正确的决策。

（四）对视觉要素的计测为室内视觉环境设计提供科学依据

人眼的视力、视野、光觉、色觉是视觉的要素，人体工程学通过计测得到的数据，为室内光照设计、室内色彩设计、视觉最佳区域等提供了科学的依据。

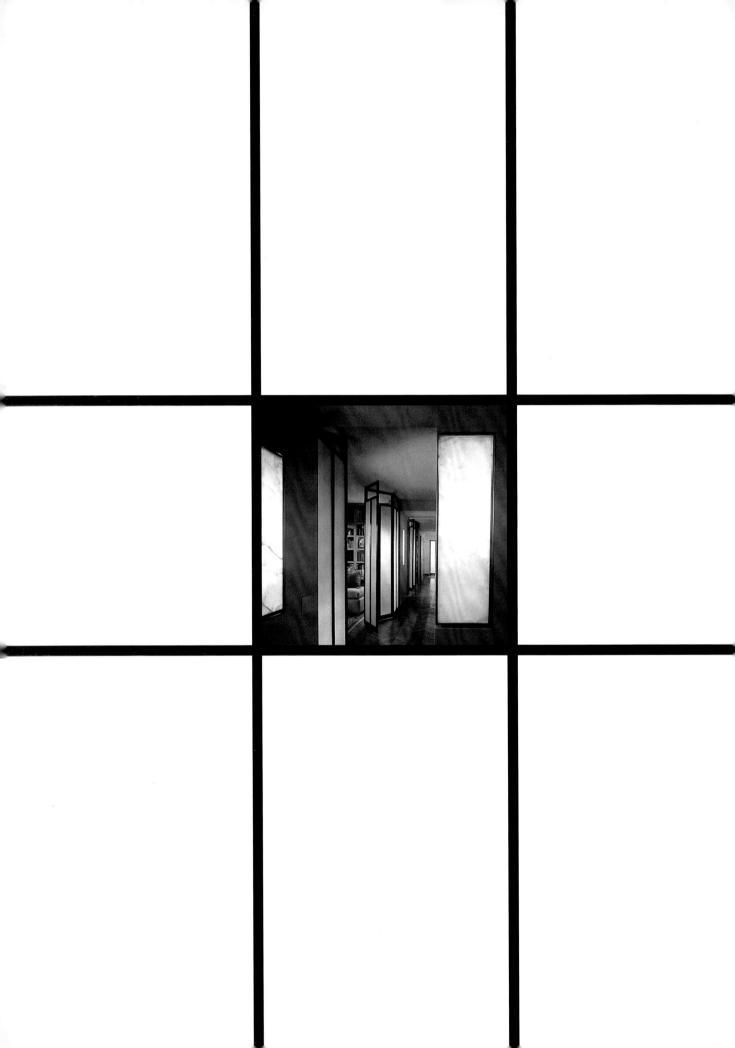

第五章

室内设计中的照明运用

第五章 室内设计中的照明运用

基本要求：掌握室内照明的基本方法，以及不同类型灯光的用途和效果。

领会：照明设计是室内设计中不可或缺的部分，实践要求比较高。建议在设计实践中体会灯光的作用。

照明设计是室内设计系统整体中的一部分，往往也是室内设计中的"神来"之笔，不仅能给现有的空间锦上添花，更能将空间的气氛体现得淋漓尽致。照明设计就是对室内空间的布光设计，如何正确地使用好各种光源，是决定性的因素。

一个工作面的表面亮度应与其背景一样或稍亮一些。一般要求工作面与背景间最大明度比为3:1，工作面和房间里面最暗区域之间的明度比不超过5:1。反差过大会导致眩光，眼睛疲劳难以协调，以及视力的减弱。

照亮一个空间可以有三种方法：均匀的、局部的和重点的。均匀式照明或环境照明是以一种均匀普遍的方式去照亮房间。这种照明的分散性可有效地降低工作面上的照明与室内环境表面照明之间的对比度。均匀式照明还可以用来减弱阴影，使墙的转角处变得更柔和舒服，为活动的安全和经常的维护提供一个舒适方便的照明标准。

一、均匀照明

（一）直射点光源

向下投射的嵌入式照明必须有宽敞的投射范围以便有效地提供均匀式照明。不作为主要照明时，嵌入式下射照明可以是均匀间隔，也可以是不均匀间隔的。(图5-1-1、图5-1-2)

图 5-1-1

图 5-1-2

图 5-1-3

图 5-1-4

（二）直射的线形光源

和我们的视线相平行的荧光灯照明可以强调视野深度。相同的装置垂直于我们的视线时，则可以增加其视感的宽度。（图 5-1-3）

（三）直射的平面光源

荧光顶棚以低的发光度，集合高照度和高温射度于一体。（图 5-1-4）

（四）间接点光源

间接照明的灯具，有宽阔的投射光域时，可提供均匀照明。（图 5-1-5）

（五）间接的线形光源

灯槽式的照明使房间宽敞，把顶棚当作是个反光体以提供均匀照明。和灯槽式照明相似，帷挂式照明也照亮了下面的墙面。（图 5-1-6）

图 5-1-5

图 5-1-6

二、局部照明

　　局部照明或工作照明是为了完成某种强调视力的工作或进行某种活动而要去照亮空间的一块特定区域。通常光源被安装在工作面附近，可以放在上方或侧方，这样比采用同样瓦数的均匀照明要有效得多。通常都是用直射式的发光体，在亮度上和方位上都应考虑是可调的（带调光器或变阻器）。（图5-2-1）

　　为了把工作面与环境之间出现不可接受的亮度比降至最小，常常把工作照明和均匀式照明合在一起。局部照明对空间的均匀照明也有所帮助，这要看所用照明的类型而定（图5-2-2、图5-2-3）。局部照明也可以是各式各样的、有趣的，可以把一个空间用隔断分成几个区域，或围绕着一个家具组团，着意加强空间中的社会性。（图5-2-4、图5-2-5）

图 5-2-1

图 5-2-2

图 5-2-3

图 5-2-4

图 5-2-5

三、重点照明

　　重点照明是空间中局部照明的一种形式,它产生各种聚焦点以及明与暗的有节奏图形,以替代那种仅仅为照亮某种工作或活动的功用。重点照明可用于缓解普通照明的单调性,它突出了房间的特色或强调某个艺术精品和珍藏品。(图5-3-1、图5-3-2、图5-3-3)

　　常用的人工光源有两大类:白炽灯及荧光灯。白炽灯较荧光灯色调暖,它们尺寸较小,外形紧凑,适合作点光源,用以突出物体的形态和质感。

　　荧光灯是管状的、低亮度的电力发光灯。荧光灯的效率较白炽灯高而且寿命更长。长管状的荧光灯是一种产生漫射光线的线型光源,难于在光学上控制这种光线,这种平均的光线可能较单调。环形或U形灯管也有供应,可在需要紧凑灯具的房间中使用。(图5-3-4、图5-3-5)

图5-3-1

图5-3-2

图5-3-3

人工光源的第三大类包括各种高强发射灯——汞汽灯、金属卤化物灯和高压钠灯。这类灯通常用于街道、人行道以及工业大空间的照明。随着对它们色彩上的改进，高强发射灯越来越多地应用于大型商业和公共室内空间。(图 5-3-6)

图 5-3-4

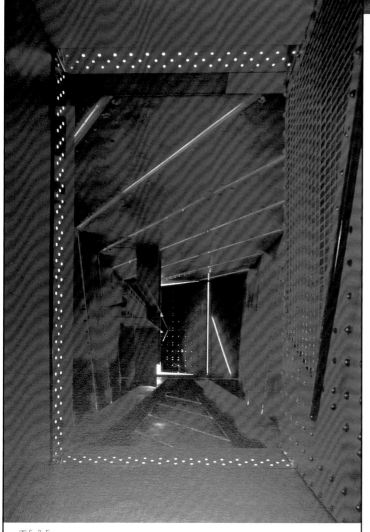

图 5-3-5

图 5—3—6

灯的类型	灰色表面上的效果	产生的气氛	增强的颜色	注意事项
		白炽灯、荧光灯以及高强发射灯的色彩特性		
白炽灯	白偏黄	暖调	红、橙、黄	良好的色彩表现
冷白色荧光灯	白色	中冷度的中性色	橙、黄、蓝	可与天光融合
高级冷白荧光灯	白色	中冷度的中性色	各色几乎均等	最佳的全面色彩表现
暖白色荧光灯	白偏黄	暖调	红、橙、黄、绿	类似白炽灯光
透明汞灯	偏绿的青白色	很冷、偏绿	黄、蓝、绿	色彩反映贫乏
白色汞灯	偏绿的白色	适度的冷调、偏绿	黄、绿、蓝	色彩反映适度
高级白色汞灯	偏紫的白色	暖调、偏紫	红、黄、蓝	色彩反映与冷白色荧光灯相似
金属卤化物灯	偏绿的白色	适度的冷调、偏绿	黄、绿、蓝	色彩反映与冷白色荧光灯相似
高压钠灯	偏黄	暖调、偏黄	黄、绿、橙	色彩反映与暖白色荧光灯相似

第六章
室内设计的表现

第六章 室内设计的表现

基本要求：熟练掌握各种室内设计的表现技法。

领会：体会各种不同表现技法的特点和各自的特殊性。

室内设计有其自身独有的"内部语言"，这种语言就是制图与透视。学会了这两种语言，在设计过程中，我们就可以将设计概念明确清晰地表达出来。

在设计过程中涉及的形状、大小、内部结构、细部构造、布局、材料、色标，以及其他的施工制作要求，按照国家制图标准或本行业的约定俗成的画法，详尽地在图纸上表达出来，作为施工或制作的依据。

作为一名室内设计师必须能把自己的创作意图清楚充分地表达给观者，因此掌握设计的表现技法是非常必要的。它不仅有利于设计的进一步深化，同时也便于与业主进行沟通与交流。

室内设计的表现方式有很多形式，但都应注意美术基础、设计及制图透视这三个根本要素的结合运用。主要要求设计师掌握室内效果图的透视制图及各种不同的表现技法等，能够便于设计师清晰地表达自己的设计意图。

由于制图的理论比较抽象、系统性较强，这就要求在学习中刻苦钻研、锲而不舍，要边学习边练习，认真完成一系列的由简至繁的绘图作业。

制图的另一个重要目的是培养空间想象能力，即从二维的平面图形想象出三维的立体形态，这是制图的一个难点。二维和三维不断地交替变换，要在一开始就训练这种思维方式和绘图技巧。在制图时必须认真细致、一丝不苟。

透视的主要目的是利用标准作图法作出准确、真实的空间形体或形象，并能逐渐形成自己的三维空间作图特点。从设计构思的初步阶段到设计的完成，均能以较准确的三维图形支持和辅助设计。

由于室内设计涵括于三维空间设计之中，所以运用透视的方法表达设计是非常重要的。这种技巧掌握的程度直接影响设计的最终体现。

一、室内设计制图

制图是一项技术性很强的工作，它需要很多的绘图工具和仪器。熟练地掌握和正确地使用它们，才能保证绘图质量，加快绘图进度。除了传统的手绘表现技法，随着电脑绘图的迅猛发展，利用相关的室内设计软件（如AutoCAD、3Dviz、Lightscape、3Dmax、MAYA等）来进行绘图已经成为一个现代室内设计师需要掌握的技法。

手绘制图材料与工具

基本要求：熟悉制作室内效果图的各种材料与工具。

领会：各种纸张的特性；各类笔的不同表现效果；其他专用工具的使用。

铅笔：准备由硬至软的 2H、H、HB、2B 铅笔若干支。

图板：图板的硬木边要成 90°，板面要平滑。常用 0 号及 1 号图板两种。绘图时，用胶带纸将图纸固定在图板的适当位置上，图板与水平面倾斜约 20°。

丁字尺或一字尺：丁字尺由尺身和尺头两部分组成，与图板配合，可用来画水平线。使用时需将尺头紧靠图板左侧，只允许用尺身上面的一边画线。一字尺又名平行尺，尺身依赖滑轮和弦线装置，上下推动时可始终保持平行。使用时比丁字尺更快捷方便。

三角板：一块是 45° 的等腰直角三角板，另一块是有 30° 和 60° 的直角三角板。三角板与丁字尺或一字尺配合，可画垂直线，还可画出 15° 角整倍数的各种角度线。

比例尺：常见的物体形体比图纸要大或者要小，它的图形不可能也没有必要按实际尺寸画出来，应该根据实际需要和图纸的大小，选用适当的比例将图形缩小或放大。比例尺就是用来缩小或放大图形用的。常见的比例尺做成三棱柱状，所以又叫作三棱尺。当使用比例尺上某一比例时，我们可以不用计算，直接按照尺面所刻的数值，截取或读出该线段的长度。

圆规或圆模板：圆规是用来画圆的工具，圆模板是用硬塑料制成的。使用模板画圆比圆规更快捷。每一块圆模板由从小到大的各种圆或椭圆组成，目前市面上所售的圆模板几乎包括了各种大小圆的尺寸。

曲线板和蛇形尺：用来画曲线的两种工具。曲线板是由硬塑料制成的，有各种曲线的形状；蛇形尺是在软橡胶中间加进弹性极好的薄钢片制成的，可弯曲成各种形状，并能固定住。当画曲线时，首先要定出曲线上足够数量的点，再用曲线板或蛇形尺依次连接各点，圆滑地将曲线画出。

针管笔：市面上有很多国产或进口的不同品质的针管笔，一般需要配备 0.3#、0.6#、0.9#、1.2# 笔各一支即可。针管笔常用的墨水以黑色为主，也有蓝、红、褐色。

二、室内设计手绘透视与快速制图法

基本要求：掌握室内透视图的几个基本类型及透视制图方法。

识记：室内透视图的几个基本类型。

领会：透视角度的选择；图的透视；徒手画透视的方法；运用网格法确定室内各物体的定位。

重点难点：家具在室内的透视，要遵循透视的原则，把握尺寸及透视角度，注意与整个空间的协调性。

透视图法的沿革

15 世纪意大利文艺复兴运动中，透视图法诞生了。据史料记载，15 世纪初，建筑家、画家菲利浦·布鲁内勒斯奇首先根据数学原理揭开了视觉的几何构造，奠定了透视图法的基础，并提出了绘画透视的基本视觉原理。因此在以后的建筑和室内的表现方法中，使用最多的就是透视图。因透视图所表现出的实际感，所以能给人以最强烈的印象。

1.透视的基本词汇:

(1) 视点 EP.(EYE POINT) ——眼睛的位置。

(2) 站点 SP.(STANDING POINT) ——画者在地面上的位置。

(3) 画面 PP.(PICTURE PLANE) ——视点前方的作图面,通常是测量时假想的一个面。画面应垂直于地面。

(4) 基面 GP.(GROUND PLANE) ——通常是指物体放置的平面,或画者所站立的地平面。

(5) 基线 GL.(GROUND LINE) ——画面与地面交界的一条线。

(6) 视平线 HL.(HORIZON LINE) ——与画者眼睛同高的一条线。

(7) 视心 CV.(CENTER OF VISION) ——视点正垂直于画面的一点称为视心。视心与视点的连线在视平线上,且垂直于该线。

(8) 中心视线 CVR.(CENTRAL VISUAL RAY) ——是指视点至视心的连接线及延长线。

(9) 灭点 VP.(VANISHING POINT) ——透视线的终点称为灭点,其位置在视平线上。在二点透视中,灭点又分为左灭点 VL.和右灭点 VR.两种;在三点透视中,除左、右两个灭点外,还有垂直灭点 VV.。

(10) 测点 MP.(MEASURING POINT) ——便利绘制透视图的辅助测量点。又分为左测点 ML.和右测点 MR.。

(11) 测线 ML.(MEASURING LINE) ——便利绘制透视图的辅助测量线。

2.一点透视

一个立方体(物体)平行于画面及地面,且有一组边线消失于视心的透视图法称为一点透视,又称为平行透视。

在透视图法的分类中,一点透视、二点透视、三点透视各有其特点和适用范围。一点透视图法学起来最简便,但用其绘制物体时,由于角度的局限,往往显得较单调和呆板。所以,如果绘制单个物体,如工业产品或建筑物时,人们很少选用一点透视图法,而常用二点或三点透视图法。

但在室内设计中,由于一个空间包容的物体非常多,而且形状各异,有时房屋空间的形状也曲折多变,求作透视显得非常困难。根据"处理复杂的事物用尽量简单的方式"这样一个思路,国内外的建筑师和室内设计师大都选用一点透视法作为主要的图法来完成室内透视图。

一点透视画室内的图法步骤简便易学,主要分为由内(墙)向外画和由外(墙)向内画两种。前一种图画出的效果较自由、活泼,后一种较严谨。

一点透视画室内成图后,由于人的视角和视锥的原因,图的左边缘和右边缘常出现变形现象,这就需绘制者凭感觉作适当的调整。

3.两点透视

一个立方体(物体)不平行于画面,但平行于地面,且有两组边线分别消失于左灭点 VL.和右灭点 VR.的透视画法称为二点透视,又称为成角透视。(图6-2-1)

三、室内手绘效果图速写技法

基本要求:掌握线条的运用技法,结合明暗调子,表现出空间效果。

领会：线条的各种特性；线与明暗调子结合的速写方法。

重点难点：用线来组织画面首先是把握准形体，还需注意如何运用线来表达空间及物体质感，掌握其中的运用手法与规律。（图6-3-1、图6-3-2、图6-3-3、图6-3-4、图6-3-5）

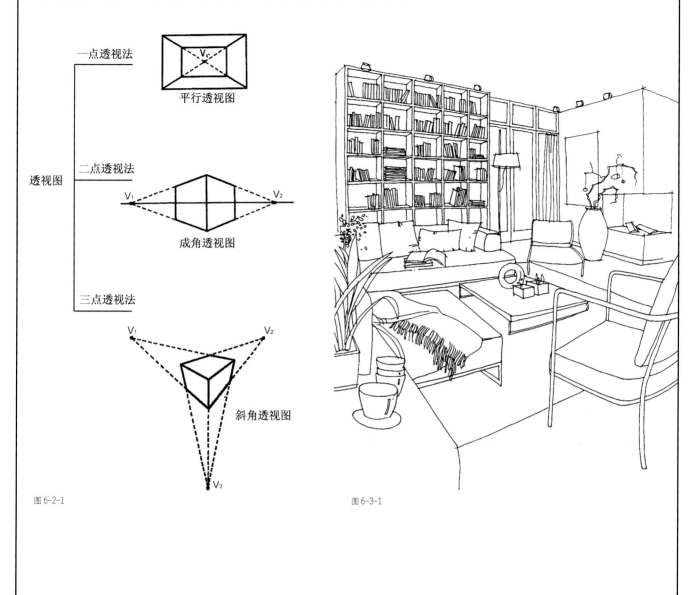

图6-2-1

图6-3-1

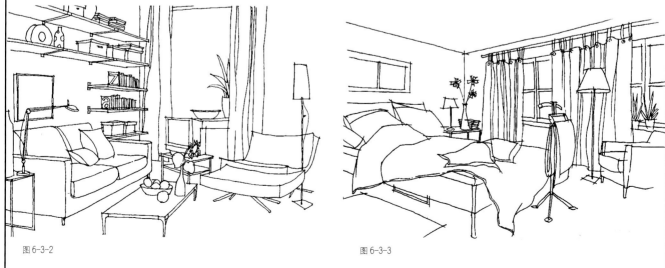

图6-3-2

图6-3-3

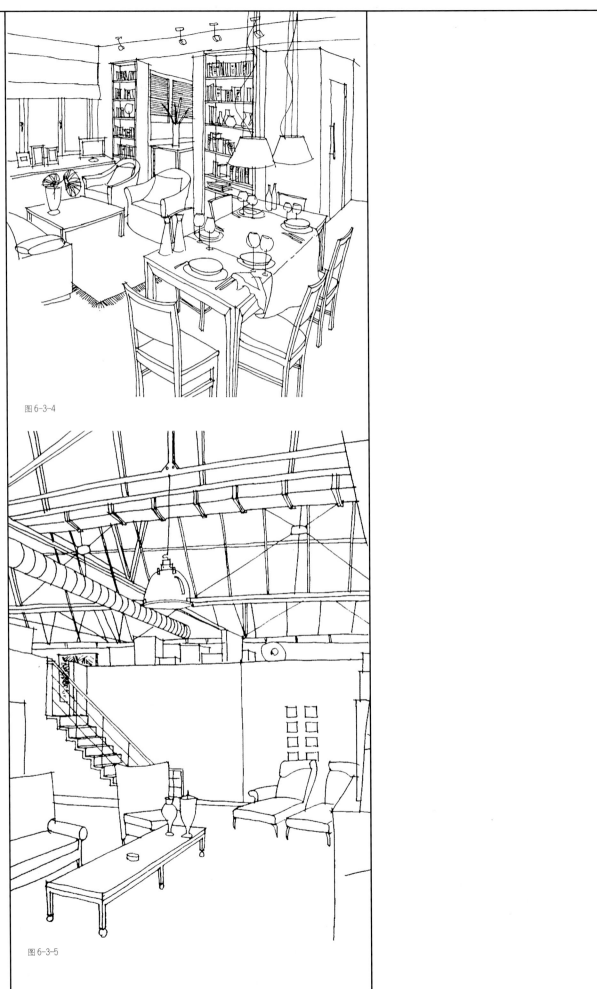

图 6-3-4

图 6-3-5

四、室内手绘效果图的多种表现技法

（一）室内水彩效果图的技法

基本要求：掌握水彩表现的特点。

熟记：水彩透视效果图的步骤。

领会：水彩透视效果图的特点；水彩效果图的上色原则及各种技巧。

重点难点：水彩效果图的上色原则一般是先浅后深，由远及近，且需要多次上色才能达到预定效果，因此要掌握好渲染的技巧，并控制好水分。（图6-4-1、图6-4-2、图6-4-3、图6-4-4、图6-4-5）

图6-4-1

图6-4-2

图 6-4-3

图 6-4-4

图 6-4-5

（二）室内水粉效果图的技法

基本要求：理解水粉画的特点，掌握室内水粉效果图的技法。

领会：水粉透视效果图的特点；水粉效果图的上色原则及各种技巧。（图6-4-6、图6-4-7）

图6-4-6

图6-4-7

（三）室内马克笔效果图的技法

基本要求：理解马克笔画的特点，掌握室内马克笔效果图的技法。

领会：马克笔的分类及纸张的选择；马克笔与其他工具的结合使用；马克笔的作画步骤与技巧。

重点难点：马克笔是较理想的效果图绘制工具，快捷、方便、表现力强，兼有针管笔和水彩笔的功能。（图6-4-8、图6-4-9）

图6-4-8

图6-4-9

（四）室内喷笔效果图的技法

基本要求：理解喷绘技法的优点，掌握室内喷笔效果图的技法。

领会：喷笔使用的主要颜料及其特点；利用蒙版作喷绘；喷笔的运用。（图6-4-10、图6-4-11、图6-4-12）

图6-4-10

图6-4-11

图6-4-12

（五）室内效果图的综合技法

基本要求：掌握多种绘画工具的综合表现技法。

领会：水彩技法与马克笔的结合使用；水彩技法与喷绘技法结合；各种技法混合使用。（图6-4-13）

图6-4-13

五、室内设计电脑效果图的表现

（一）软硬件配置

在制作室内效果图之前，首先要具备一定的计算机配置和操作环境及相关软件，在计算机技术高速发展的今天，无论是在硬件的配置和软件版本的更新上都非常快，因此本书尽量做到与当前的发展形势同步。首先需要的硬件配置及相关制作软件是AutoCAD、3Dmax、Lightscape、MAYA等，本书针对目前运用较为广泛的3Dmax作一些详解。

（二）电脑效果图的制作过程大致分为以下几个步骤：

首先在AutoCAD软件中准确无误地绘制出设计方案的平面图、立面图，然后将CAD文件导出，或者在3Dmax里面打开，目前的3Dmax版本已经可以直接处理AutoCAD文件。

第二步是按照在AutoCAD里绘制的平面与立面运用3Dmax建立模型，创建好模型以后进行材质的选择和编辑，最后调整好灯光，选择所需要的精度进行渲染。

第三步将渲染好的文件进行Photoshop处理，对一些小细节，比如绿化等可以在Photoshop软件中进行合成，最后得到完稿。（图6-5-1、图6-5-2、图6-5-3、图6-5-4、图6-5-5、图6-5-6、图6-5-7、图6-5-8、图6-5-9、图6-5-10、图6-5-11）

图6-5-1

图6-5-2

图 6-5-3

图 6-5-4

图 6-5-5

图 6-5-6

图 6-5-7

图 6-5-8

图 6-5-9

图 6-5-10

图 6-5-11

图书在版编目（CIP）数据

室内设计/徐伟德，黄元庆主编. —南宁：广西美术出版社，2005.7
（设计广场系列基础教材）
ISBN 7-80674-733-8

Ⅰ.室…　Ⅱ.①徐…②黄…　Ⅲ.室内设计－高等学校－教材　Ⅳ.TU238

中国版本图书馆 CIP 数据核字(2005)第 056382 号

设计广场系列基础教材

室内设计

顾　　问／汪　泓　马新宇
主　　编／徐伟德
执行主编／黄元庆
编　　委／李四达　张红宇　任丽翰　刘珂艳　潘惠德
　　　　　许传宏　周　宏　陈烈胜　魏志杰
本册著者／程瑜怀
出 版 人／伍先华
终　　审／黄宗湖
图书策划／钟艺兵
特约编辑／张红宇
责任美编／陈先卓
责任文编／何庆军
装帧设计／阿　卓
责任校对／陈小英　陈宇虹　王　炜
审　　读／欧阳耀地
出　　版／广西美术出版社
地　　址／南宁市望园路 9 号
邮　　编／530022
发　　行／全国新华书店
制　　版／广西雅昌彩色印刷有限公司
印　　刷／深圳雅昌彩色印刷有限公司
版　　次／2006 年 1 月第 1 版
印　　次／2006 年 1 月第 1 次印刷
开　　本／889mm×1194mm　1/16
印　　张／5.5
书　　号／ISBN 7-80674-733-8/TU·19
定　　价／32.00 元